CORNEILLES

François Gravel

CORNEILLES

Boréal

Maquette de la couverture: Rémy Simard
Illustrations: Jules Prud'homme

© Les Éditions du Boréal
Dépôt légal: 3ᵉ trimestre 1989
Bibliothèque nationale du Québec

Diffusion au Canada: Dimedia

Données de catalogage avant publication (Canada)

Gravel, François
Corneilles
(Boréal Junior).
Pour les jeunes.

ISBN 2-89052-303-9

I. Titre. II. Collection.
PS8563.R38C67 1989   jC843'.54   C89-096396-7
PS9563.R38C67 1989   PZ23.G72Co   1989

Pour Geneviève, Guillaume,
Marie et Nicolas.

Les perruches, les geais bleus et les chardonnerets ont un joli plumage coloré. Ce sont des oiseaux très fiers, qui passent leurs journées à se lisser les plumes et à s'admirer dans les étangs. Les corneilles, elles, sont noires comme des bandits. Elles aiment se rouler dans les flaques de boue et ne se lavent jamais.

Les serins, les pinsons et les merles chantent de jolies chansons. Les corneilles, elles, crient très fort et très mal, si fort et si mal qu'on ne dit jamais qu'une corneille chante: on dit plutôt qu'elle craille, ou encore qu'elle croasse. Si on a choisi des mots aussi laids, c'est que leurs chansons sont vraiment très laides.

Les mouettes et les goélands peuvent voler très haut dans le ciel, plus haut que les plus hauts nuages. Les hirondelles ne volent pas bien haut, mais leur vol est toujours agréable à regarder: on dirait qu'elles s'amusent à faire des dessins invisibles. Les corneilles, elles, ne volent ni très haut ni très bien. On dirait des bandits qui se sauvent après avoir fait un mauvais coup.

Si on organisait des concours de chant, de beauté ou de vol pour les oiseaux, les corneilles ne gagneraient jamais. En fait, les corneilles ne se présenteraient même pas à ces concours. Les corneilles n'aiment pas les concours de beauté, de vol ou de chant. S'il y avait un concours d'insultes, par contre, les corneilles gagneraient toujours. Pour les insultes, les corneilles sont championnes. Les corneilles sont comme des bandits noirs qui passent leurs journées à insulter tout le monde. Quand elles croisent une hirondelle, elles disent:

— Hé! Hirondelle stupide! Tu dessines comme un pied!

Quand elles voient des chardonnerets, elles disent:

— Hé! Le chardonneret! Tu es

jaune comme du pipi!

Quand elles entendent chanter des merles, elles disent:

— Hé! Le merle! Tu nous casses les oreilles avec tes chansons débiles!

Quand elles voient des humains, elles disent des insultes bien pires, bien plus méchantes encore. Heureusement que les humains ne comprennent pas le langage des corneilles parce que sinon il ne resterait plus de corneilles, et ce serait bien dommage.

Le soir, les corneilles se réunissent sur les branches d'un arbre mort, dans un cimetière ou près d'un dépotoir, et se racontent les mauvais coups qu'elles ont faits dans la journée. Elles se couchent toujours très tard, sans jamais prendre leur bain, et elles mangent des choses pas tellement bonnes pour la santé avant de s'endormir. Les cor-

neilles adorent les cauchemars: quand
elles font de jolis rêves remplis de fleurs
et de papillons, elles sont de bonne
humeur toute la journée, et c'est difficile d'inventer de bonnes insultes
quand on est de bonne humeur. Les corneilles détestent être de bonne humeur.

Quand on est un être humain,
comme toi et moi, c'est difficile de com-

prendre les corneilles, et c'est encore plus difficile de les aimer. Mais imagine-toi un instant que tu vas dîner à ton restaurant préféré et qu'on te sert une assiette pleine de vers de terre, de souris mortes et de vieilles frites pourries. Ouache! Pourtant, si tu étais une corneille, tu dirais: miam! Quel régal! Si tu étais une corneille, tu penserais, comme toutes les corneilles, que les fleurs sont laides, sauf peut-être les chardons et les pissenlits fanés. Tu aimerais les vers et les souris mortes, les arbres morts et les jours de pluie, les cimetières et les dépotoirs. Si tu étais une corneille adulte, tu dirais à tes enfants corneilles que les biscuits aux brisures de chocolat, la crème glacée et le jus d'orange sont dégoûtants. Si tu étais un enfant corneille, tu aurais appris dès la sortie de l'œuf à crier comme une corneille, à penser comme une corneille, et à te moquer de tout le monde. C'est comme ça.

Les humains pensent que toutes les corneilles sont pareilles. Si tu étais une corneille, tu saurais qu'il y a autant de différences entre deux corneilles qu'il peut y en avoir entre deux humains. Dans ta classe, certains de tes amis sont grands, d'autres sont petits. Certains ont les cheveux bruns, d'autres ont les cheveux blonds ou noirs ou roux. Il y en a qui aiment le calcul et le français, d'autres préfèrent le ballon chasseur. Chez les corneilles, c'est la même chose. Elles sont toujours noires, mais certaines sont grandes, d'autres petites. Certaines sont méchantes, d'autres très méchantes, et d'autres encore très très très méchantes. La seule différence entre les corneilles et les humains, c'est qu'il n'y a jamais de corneille jolie et gentille, jamais. S'il y avait une corneille jolie et gentille, ça ne serait pas une corneille.

Moi j'aime beaucoup les biscuits aux brisures de chocolat, la crème glacée et le jus d'orange, les fleurs et les beaux rêves. Mais quand j'étais une corneille, je me roulais dans la boue, j'insultais les gens, et j'allais jouer dans les dépotoirs. Bientôt, je te raconterai comment je suis devenu corneille. Mais d'abord, il y a encore beaucoup de choses que tu dois savoir si tu veux comprendre mon histoire.

Chez les corneilles comme chez les humains, il y a évidemment des mâles et des femelles, sinon il n'y aurait jamais de bébés corneilles. Mais les corneilles ne sont jamais amoureuses. Je vais te dire comment ça se passe.

Quand une corneille femelle a envie de rencontrer une corneille mâle, elle s'installe sur les branches d'un arbre mort, dans un cimetière ou dans un dépotoir, et elle attend qu'un mâle passe dans les environs. Elle n'attend jamais longtemps, parce que les mâles aussi veulent rencontrer les femelles, et ils savent où aller. Souvent, il y a des dizaines et des dizaines de femelles sur les branches des arbres morts, et des dizaines et des dizaines de mâles qui tournent autour. Pour plaire aux femelles, les mâles se roulent dans la boue et dans la poussière, et font des grimaces en poussant des cris affreux. Les femelles regardent le spectacle et choisissent le mâle qui est le plus sale, le plus laid, ou celui qui crie le plus mal. Toutes les femelles aiment la saleté et les cris, mais toutes les femelles n'aiment pas les mêmes saletés et les mêmes cris, heureusement parce que sinon ce ne serait pas juste. C'est la même chose pour les mâles: tous les mâles aiment les femelles laides, mais tous les mâles n'aiment pas la même sorte de laideur. Quand chaque femelle a trouvé son mâle et chaque mâle sa femelle, ils partent chacun de leur côté chercher des matériaux pour faire leur nid.

Les nids des corneilles sont toujours mal construits. Si elles le voulaient, elles pourraient choisir de beaux morceaux de paille, mais elles préfèrent les bouts de ficelle sale, les vieux poils de brosse à dents, et les papiers mouillés et pleins de boue. Quand les corneilles font leur nid, elles se chicanent toujours:

— Ta ficelle est trop propre, tu ne connais rien aux nids, espèce de patate! dit le mâle.

— Patate toi-même! répond la femelle.

Certaines corneilles sont plus paresseuses que d'autres. Au lieu de se construire un nid, elles s'installent dans un vieux nid abandonné.

— Pas celui-là, il est trop propre, espèce de frite molle! dit la femelle.

— Tu ne sais jamais ce que tu veux, espèce de tête de linotte! répond le mâle.

Ça continue jusqu'à ce qu'ils trouvent un nid qui leur déplaît autant à l'un qu'à l'autre. Les corneilles aiment beaucoup se chicaner.

Un jour, la femelle pond des œufs.

— Ils sont trop petits, tes œufs! dit le mâle.

— C'est toi qui es trop petit, espèce d'imbécile! répond la femelle.

Quelques semaines plus tard, les bébés corneilles cassent leurs œufs et

commencent aussitôt à crier. Mais les bébés corneilles ne savent pas encore qu'ils sont des bébés corneilles, et ils essaient souvent de chanter comme les autres oiseaux. Aussitôt que leurs parents les entendent, ils se mettent à disputer:

— Veux-tu arrêter de chanter comme ça, tu me casses les oreilles, dit le père.

— C'est toi qui nous casses les oreilles, laisse-le crier comme il veut, ton idiot d'enfant! répond la femelle.

Les bébés corneilles grandissent vite, et ils apprennent très tôt à crier comme des corneilles. Si tu pouvais comme moi comprendre leur langage, tu serais surpris d'entendre tout ce qui peut se dire dans une famille de corneilles:

— Tu as fait de beaux cauchemars, espèce d'idiot? dit la mère à son fils en lui donnant des coups de becs sur le ventre.

— Idiote toi-même! répond le fils.

— Vous êtes tous des idiots! crie le père.

— Et c'est toi le roi des idiots! dit la fille.

Quand elles savent voler, crier comme des corneilles et insulter tout le monde, les jeunes corneilles quittent leur nid et s'en vont se chicaner ailleurs. Les familles de corneilles n'habitent pas longtemps ensemble, mais elles se souviennent très longtemps de ces bons moments. Souvent, dans les cimetières et les dépotoirs, on entend un couple de vieilles corneilles se rappeler avec tristesse ces journées en famille:

— Te souviens-tu comme on s'amusait quand on était tous ensemble, espèce de tarte pourrie?

— C'est vrai qu'on s'amusait bien, espèce de crétin! répond la vieille femelle.

Les corneilles sont comme ça, on ne peut rien y faire. Maintenant que tu connais un peu mieux les corneilles, je vais te raconter comment il se fait que moi, un être humain tout à fait normal, j'ai un jour été transformé en corneille.

Quand j'avais dix ans, je n'avais jamais
de problèmes à la maison. Mes parents
étaient gentils, et comme je n'aimais pas
être puni, j'étais gentil moi aussi. Je
me lavais les mains avant chaque repas,
je me brossais toujours les dents, je

faisais mon lit le matin, et je rangeais toujours mes jouets. Pour la gentillesse à la maison, j'étais champion.

À l'école, je n'avais pas de problèmes non plus. J'étais gentil avec la maîtresse, je disais toujours s'il vous plaît merci, et j'étais très fort en calcul et en français. Je n'étudiais pas beaucoup, j'étais souvent dans la lune, mais j'étais quand même un champion pour apprendre. Au ballon chasseur, par contre, je n'étais pas très bon. J'aurais bien aimé être un peu moins bon en calcul et meilleur au ballon chasseur, mais c'était comme ça. Je me disais que si j'avais été champion en calcul et au ballon chasseur en même temps, ça n'aurait pas été juste pour les autres.

Je n'avais jamais de problèmes à la maison, je n'avais jamais de problèmes à l'école, mais entre les deux j'en avais

beaucoup. Pour me rendre à l'école, je devais traverser cinq rues. Au premier coin de rue, il y avait toujours le grand Larry, le champion du ballon chasseur. L'hiver, il nous lançait toujours des boules de neige. Larry était très fort, ses boules de neige étaient très dures, et il ne manquait pas souvent son coup. Au printemps, quand la neige était fondue, c'était bien pire: il nous lançait des roches.

Au deuxième coin de rue, il y avait Boisvert. Boisvert était très gros. Vraiment très gros. Il n'aimait pas qu'on se moque de lui, c'est bien normal. Le problème, c'est que, même si on ne disait rien, il s'imaginait toujours qu'on se moquait de lui, et il nous donnait des coups de bedaine. Sa bedaine était grosse et molle, alors ça ne faisait pas trop mal, mais souvent il nous faisait tomber dans la boue et ça c'était un problème à cause de la maîtresse qui nous chicanait et les parents aussi.

Au troisième coin de rue, il y avait les jumeaux. Ils étaient très grands et très forts, ils aimaient se battre autant que moi j'aime le jus d'orange, et comme ils étaient toujours deux, ce n'était pas juste. Moi j'étais très bon pour nager mais ça ne me servait pas à grand-chose pour me sauver quand les jumeaux m'attaquaient. J'aurais bien aimé être un peu moins bon en natation et un peu meilleur à la course, mais c'était comme ça.

Au quatrième coin de rue, il n'y avait personne, alors je pouvais me reposer un peu. Au cinquième coin de rue, il y avait une vieille femme qui n'aimait pas les enfants. Elle s'imaginait qu'on voulait toujours voler des pommes dans son pommier. Ce n'était même pas vrai, et d'ailleurs ses pommes n'étaient même pas bonnes. Quand je passais devant sa maison, elle me disait toujours qu'elle allait lâcher son chien. C'était un grand chien noir très méchant, alors je passais très très vite devant chez elle. Après le cinquième coin de rue, c'était l'école et je pouvais me reposer. Mais en revenant, c'était encore à recommencer: le chien, les jumeaux, le gros Boisvert, et Larry.

Le jour où j'ai rencontré ma première corneille, je n'avais pas été chanceux: la vieille femme avait vraiment lâché son chien, les jumeaux avaient été de mauvaise humeur, Boisvert aussi, et les cailloux de Larry étaient durs. Quand je suis arrivé dans ma rue, j'étais fatigué parce que j'avais couru, j'étais sale parce que Boisvert m'avait fait tomber dans la boue, et j'avais des égratignures sur les bras. Je n'avais vraiment pas envie qu'on se moque de moi. Alors quand j'ai entendu une corneille me crier «craille craille», j'ai pris un caillou, je me suis approché de l'arbre sur lequel elle était perchée, j'ai bien visé, j'ai lancé de toutes mes forces, et je l'ai manquée. Elle s'est envolée en me criant des bêtises. Je ne savais pas parler le langage des corneilles dans ce temps-là, mais j'étais certain qu'elle m'avait crié des bêtises. Quand je suis rentré chez moi, j'ai préparé une vengeance.

Le lendemain, c'était un samedi. Je suis allé dans la remise, derrière la maison. Dans la remise il y avait toutes sortes de vieilles choses qui ne servaient à rien. Ma mère disait souvent à mon père qu'il serait temps de faire le ménage, mon père disait toujours oui oui je m'en occupe, mais il ne s'en occupait jamais, et ma mère non plus, et c'était tant mieux parce qu'une remise pleine de vieilles choses c'est bien plus amusant qu'une remise vide. Dans la remise, j'ai trouvé des bouts de bois que j'ai vissés ensemble pour faire un y, et une vieille chambre à air de bicyclette bien plus solide qu'un élastique. Je me suis fabriqué une super fronde, je me suis pris une grosse poignée de boulons dans un bocal, je les ai mis dans ma poche, et je suis allé voir si par hasard la corneille était revenue sur son arbre.

Elle était là. Je me suis approché sur la pointe des pieds, j'ai pris un gros boulon dans ma poche, j'ai tendu la chambre à air autant que je le pouvais, j'ai bien visé, et je l'ai eue. J'étais bien surpris parce que d'habitude plus je

prenais mon temps pour viser plus je ratais mon coup, mais là j'avais été champion. Elle a attrapé mon boulon sur l'aile, elle est tombée de sa branche, elle a essayé de s'envoler mais ça vole mal avec seulement une aile qui fonctionne, et elle a atterri juste devant moi. Sur le coup, j'étais vraiment très content. Mais quand j'ai vu qu'elle était blessée pour de vrai, quand je l'ai vue essayer de se relever et tomber, j'étais moins content, même que j'avais un peu honte. J'ai pris la corneille dans mes mains tout doucement, pour ne pas lui faire de mal. Elle n'a pas crié, mais son cœur battait vite vite vite. Je l'ai amenée dans la remise, et j'ai essayé de la soigner.

Comme son aile était brisée et qu'elle essayait de voler quand même, j'ai voulu lui faire un plâtre, mais je n'avais pas de plâtre dans ma remise et même s'il y en avait eu je n'aurais pas su comment faire et puis j'aurais été obligé de demander à mes parents alors il aurait fallu que je leur explique que je n'avais pas été gentil avec une corneille et ça aurait été très compliqué alors je me suis débrouillé comme j'ai pu. J'ai pris des bouts de bois et de la ficelle, et j'ai attaché son aile bien comme il faut, pour l'empêcher de bouger. Pendant tout ce temps-là elle ne disait rien. Son cœur battait toujours très vite, et rien qu'à voir ses yeux qui me regardaient l'un après l'autre je savais qu'elle avait peur. Pour essayer de la calmer, j'ai essayé de lui parler. Je savais bien qu'elle ne comprendrait pas ce que je lui disais, mais c'était plus fort que moi. Je lui ai dit que je lui avais lancé un boulon parce que j'étais fâché, mais que je le regrettais, des choses comme ça.

— Tu aurais pu y penser avant, espèce de navet!

— Pourquoi est-ce que tu m'insultes, tu ne vois pas que je veux t'aider?

— Je t'insulte parce que c'est vrai que tu es un navet! J'avais bien raison de me moquer de toi!

Comme j'étais bien concentré pour réparer son aile, je ne me rendais même pas compte que je comprenais ce qu'elle disait.

— Bon, c'est fini. Dans quelques jours, tu pourras recommencer à voler.

— Il commençait à être temps, espèce de betterave.

— Betterave toi-même, vieille corneille!

— Je ne suis pas une vieille

corneille, je n'ai même pas un an. Toi, quel âge as-tu?

— Dix ans.

— Et pourquoi veux-tu devenir une corneille?

— Je n'ai jamais dit que je voulais être une corneille!

— Mais oui, tu veux. Tu aimerais bien pouvoir te venger du grand Larry, et de Boisvert, et des jumeaux, et de tes professeurs, et de tes parents qui te laissent tout seul avec la gardienne. Tu n'es pas un peu fatigué d'être gentil?

— Mais je ne peux pas me transformer en corneille, c'est impossible!

— C'est très facile, au contraire: la semaine prochaine, la lune sera pleine, et les sorcières vont se réunir au cimetière. Tu n'as qu'à venir avec moi.

— Des sorcières? Ça n'existe pas, des sorcières!

— Et des corneilles qui parlent, tu penses que ça existe?

— Bien sûr que non!

— Et qu'est-ce qu'on fait depuis dix minutes, tu penses?

Elle avait raison: je parlais comme un humain normal, elle parlait comme une corneille normale, et pourtant nous nous comprenions très bien.

Toute la semaine, j'étais allé parler avec
la corneille, dans la remise. Elle m'avait
raconté comment il était amusant de ne
pas prendre son bain, de faire des cauchemars, de voler dans le ciel et d'insulter les gens. Plus elle me parlait, plus

j'avais envie de devenir une corneille, juste un peu, juste pour voir si c'était amusant de ne pas être gentil.

Le vendredi, elle était guérie. Quand je l'ai libérée, elle m'a encore invité à venir la rejoindre le soir même, au cimetière, pour la réunion de sorcières. Je lui ai répondu que j'essaierais peut-être d'y aller.

Quand elle est partie, j'étais un peu triste, mais quand je suis rentré à la maison, j'étais plus triste encore: j'avais oublié que mes parents étaient allés faire de la planche à voile à la campagne, et qu'ils m'avaient laissé tout seul avec Rachel.

Rachel, c'était ma gardienne. Elle avait seize ans, de longs cheveux blonds et bouclés, et de grands yeux bleus. Elle était vraiment très jolie, et toujours polie avec les adultes. Tous les parents du quartier disaient qu'elle était un ange, et qu'elle était sûrement la meilleure gardienne au monde. Mais les enfants du quartier savaient bien qu'elle était en fait la pire gardienne du monde, qu'elle était méchante, qu'elle ne s'occupait jamais de nous, qu'elle ne voulait pas qu'on la dérange pendant qu'elle peinturait ses ongles, ni pendant qu'ils séchaient, ni pendant qu'elle regardait la télévision en buvant du Pepsi, ni pendant qu'elle téléphonait pendant des heures à ses amies, ni pendant qu'elle regardait la photo de son amoureux qui avait de grandes oreilles, ni jamais. Deux minutes avant que mes parents reviennent, elle me regardait avec des yeux méchants et me disait que si je disais quelque chose contre elle, elle leur dirait que je n'avais pas été sage et qu'ils me puniraient. Je n'en ai jamais parlé à mes parents, alors c'est toujours elle qui venait me garder quand ils allaient faire de la planche à voile avec leurs amis.

Quand je suis rentré, mes parents étaient déjà partis, Rachel était installée devant la télé avec un grand sac de chips et une grosse bouteille de Pepsi. Elle écoutait un film ennuyeux avec des gens qui parlent et qui s'embrassent tout le temps.

— Ne me dérange pas, j'écoute un film, va jouer dans ta chambre!

Je suis allé dans ma chambre, j'ai regardé un livre sur les dinosaures et je me suis imaginé que j'étais devenu un dinosaure et que j'écrasais Rachel avec ma grosse patte, ensuite j'ai lu un livre sur les lions et je me suis imaginé que je mangeais Rachel, et puis j'ai fermé mes livres et je me suis imaginé toutes les insultes que je pourrais dire

à Rachel si j'étais une corneille.

Si j'étais une corneille... Pourquoi pas? À neuf heures, j'ai fait semblant de me coucher mais je suis sorti par la fenêtre et je suis allé au cimetière, juste pour voir. Rachel regardait encore la télé, elle ne m'a même pas entendu.

Il faisait noir, il faisait froid, et j'avais un peu peur. La porte d'entrée du cimetière était fermée avec une chaîne et un gros cadenas, mais c'était facile de se glisser en dessous de la clôture. J'ai marché un peu dans le noir, et j'ai aperçu de la lumière au loin, une lumière jaune, comme un feu de camp. Je me suis approché, et j'ai vu de vieilles dames avec des chapeaux pointus qui riaient comme des sorcières, alors je me suis sauvé en courant. Quand je suis arrivé à la clôture, mon amie la corneille m'attendait.

— Qu'est-ce qui se passe? Ne me dis pas que tu as peur de quelques vieilles dames!

— Moi? Peur? Pas du tout! J'ai changé d'idée, c'est tout. Ça ne m'intéresse pas d'être une corneille. Laisse-moi passer, je veux rentrer chez moi.

— Oui tu as peur! Oui tu as peur!

Elle criait si fort que toutes les corneilles du cimetière se sont réveillées et sont venues voir ce qui se passait. Elles étaient des centaines autour de moi à me crier: Peureux! Peureux!

— Moi je suis peureux?

— Oui tu es peureux! Tu as peur des sorcières! Peureux! Peureux!

— Vous allez voir ça si je suis peureux!

J'ai laissé les corneilles derrière moi, et j'ai marché tout droit vers le feu de camp.

6

Avant de continuer mon histoire, il faut que je te parle un peu des sorcières. La plupart des gens ne croient pas aux sorcières. C'est normal, je n'y croyais pas moi non plus avant d'en avoir rencontré. Maintenant, je sais que ceux qui ne croient pas aux sorcières ont tort. Si j'étais à leur place, je ferais bien attention.

Dans les livres d'histoires, on décrit toujours les sorcières comme de vieilles dames très laides, avec un nez crochu couvert de verrues, et un grand chapeau noir et pointu. C'est vrai, les sorcières sont très laides, et les vraies sorcières sont bien plus laides encore que celles qu'on voit dans les livres d'histoires. Elles sont tellement laides que ça fait mal aux yeux quand on les regarde.

Dans les livres d'histoires, on dit aussi que les sorcières sont capables de transformer les gens en crapauds, en serpents et en chauves-souris. Comme l'une d'elles m'a transformé en corneille, je peux dire que c'est vrai. Les sorcières peuvent transformer n'importe qui en n'importe quoi. Elles pourraient nous transformer en papillons, en hirondelles, ou même en camions de pompiers, si ça leur chantait. Mais les sorcières pensent que les papillons sont affreux, les hirondelles stupides, et les camions de pompiers trop propres.

Si les sorcières sont capables de transformer n'importe qui en n'importe quoi, elles sont évidemment capables de se transformer elles-mêmes en n'importe quoi. Si elles le voulaient, elles pourraient très facilement se transformer en très jolies filles, avec de longs cheveux soyeux et de grands yeux, comme Rachel. Mais les sorcières détestent les longs cheveux soyeux et les beaux grands yeux. Si les sorcières sont toujours très laides, si elles ont de gros nez crochus couverts de verrues et de grands chapeaux pointus, c'est qu'elles aiment les nez crochus et trouvent qu'il n'y a rien de plus charmant qu'une grosse verrue. Si tu étais une sorcière, tu ferais comme toutes les sorcières, et tu te ferais pousser un grand nez crochu avec une verrue au bout, et peut-être même quelques grands poils noirs au bout de la verrue. C'est comme ça.

Les sorcières sont très laides, c'est vrai, mais ce n'est pas si terrible d'être laid. Ma gardienne est très jolie, mais ça ne l'empêche pas d'être méchante. Les sorcières, au fond, ne sont pas si méchantes. Elles n'aiment pas les mêmes choses que nous, c'est tout. Bon, maintenant que tu connais les sorcières, je peux continuer mon histoire.

Plus je m'approchais du feu de camp, plus j'avais envie de retourner chez moi, mais je savais bien que les corneilles m'attendaient à côté de la clôture et je ne voulais pas les entendre me traiter de peureux, alors j'ai marché très vite. Mais dès que j'ai vu les sorcières, je me suis dit qu'il serait peut-être préférable de rester un peu à l'écart pour les observer. Je ne suis pas peureux, mais je suis prudent.

Elles étaient au moins une douzaine, toutes plus laides les unes que les autres, groupées en cercle autour d'une grosse marmite noire. Il y avait un feu sous la marmite, de gros bouillonnements dedans et de la fumée au-dessus. Quand elles jetaient quelque chose dans leur espèce de soupe, la fumée changeait de couleur: elle était parfois mauve, parfois verte, parfois noire, mais elle sentait toujours très mauvais. J'ai voulu aller me cacher derrière un arbre pour mieux les observer, mais j'ai mal choisi mon arbre: je suis arrivé face à face avec une sorcière qui ramassait des branches sèches pour alimenter le feu.

Avant que j'aie eu le temps de réagir, elle m'a attrapé par l'oreille et m'a amené près des autres.

— Venez voir ce que j'ai trouvé!

Les sorcières se sont regroupées autour de moi et elles ont ricané comme des poulies de cordes à linge.

— Qu'il est laid! Avez-vous vu ses cheveux, comme ils sont propres!

— Et ses dents, comme elles sont blanches! C'est dégoûtant!

— Et son nez! Il est bien trop petit! Et il n'a même pas de verrue!

Ensuite, elles se sont demandées ce qu'elles pourraient bien faire de moi: me transformeraient-elles en crapaud, en limace ou en couleuvre? Me feraient-elles bouillir dans leur marmite ou bien me jetteraient-elles dans le feu?

— Mesdames les sorcières, c'est vrai que je suis laid, et c'est pour ça que je suis venu vous voir: je suis fatigué d'être gentil et propre, et je voudrais être transformé en corneille!

— Quelle bonne idée!

— C'est vrai que je l'imagine bien en corneille! Pourquoi pas?

— Et puis ça ferait une corneille de plus! On n'a jamais assez de corneilles dans un cimetière!

La plus vieille et la plus laide des sorcières s'est approchée de la marmite noire, et elle en a retiré une grosse louche pleine d'un affreux liquide mauve et puant.

— Tiens, bois, mon enfant!

— Qu'est-ce que c'est?

— C'est délicieux, tu vas voir! C'est la meilleure liqueur du monde, le nectar des rois!

J'ai approché la louche de ma bouche, je me suis bouché le nez, et j'ai pris une grande gorgée: les sorcières étaient tellement laides que je voulais être transformé en corneille le plus vite possible. À ma grande surprise, ce n'était pas aussi mauvais que je l'aurais cru. C'était sucré, et ça avait un peu le goût du Pepsi.

— Alors? Tu aimes ça?

— Ce n'est pas mauvais.

— Comment ce n'est pas mauvais! C'est délicieux! C'est le meilleur mélange de bave de crapaud, de pattes d'araignées broyées et de crottes de chauves-souris qui ait jamais été concocté!

— Vous avez raison, c'est délicieux!

— Heureuse de te l'entendre dire! Tu en veux une autre gorgée?

— Est-ce que c'est nécessaire pour que je me transforme en corneille?

— Mais non, voyons! T'imagines-tu qu'on peut devenir une corneille simplement en buvant du nectar? Quelle drôle d'idée!

— Que faut-il faire, alors?

— Il faut que je prononce la formule magique. Es-tu bien décidé à devenir une corneille?

— Oui.

— Bon. Alors écoute bien: «Bicarbonate d'ammonium, phosphate monocalcique, éthyle maltol, glutamate monosodique, inosinate disodique, guanylate, hydrate de sodique, suif de bœuf, essence de caramel et colorant!» Ça y est, tu es une corneille!

C'est vraiment amusant d'être une corneille. Vraiment très très très amusant.
Aussitôt transformé en corneille, j'ai
étendu mes ailes, j'ai replié mes pattes
sous mes plumes, c'était drôle parce que
les pattes des corneilles ne se plient pas

dans le même sens que celles des humains, je me suis élancé, et hop, je volais. C'était facile, encore plus facile que de nager quand on sait nager et moi je sais nager alors je sais de quoi je parle. Trois coups d'ailes et je dépassais les arbres, trois autres coups et je tournais autour du feu de camp et je voyais les sorcières par leur bout pointu, trois autres coups et je ne voyais plus rien: c'était la nuit, et je me suis dit que ce n'était peut-être pas très prudent de voler la nuit, que je pourrais me cogner sur des édifices mal éclairés ou sur des fils électriques ou sur des chauves-souris, alors j'ai volé un peu autour du feu, puis je suis allé rejoindre les autres corneilles. Quand j'ai retrouvé mon amie corneille, elle m'a invité à passer la nuit dans son nid, mais ses parents n'ont pas voulu.

— Qu'est-ce que tu viens faire dans notre nid, toi! Tu n'es même pas une vraie corneille, tu pues le savon et tu nous empêches de faire des cauchemars! Va-t'en ailleurs, espèce de vieille prune!

J'ai essayé d'aller dans d'autres nids, mais partout on me chassait à grands coups de bec. Il faisait froid, j'avais peur, je commençais à me dire que j'aurais peut-être mieux fait de rester comme j'étais avant.

Comme j'étais un peu fatigué de tourner en rond, j'ai eu une idée: en face du cimetière, il y avait un magasin d'aliments qui était annoncé par une grande enseigne lumineuse qui restait allumée toute la nuit. J'ai traversé la rue très facilement en passant par-dessus les autos, et je me suis réfugié dans un O. La lumière du néon était juste assez chaude, alors je me suis installé confortablement et je me suis endormi. Pas pour longtemps: dès que je fermais les yeux, je faisais des cauchemars. Si j'avais été une vraie corneille, j'aurais sûrement aimé mes cauchemars, mais je n'étais pas une vraie corneille, j'étais simplement un petit garçon transformé en corneille, c'est bien différent. Ma première nuit de corneille n'a pas été bien agréable.

Le lendemain matin, je me suis réveillé
avec le soleil. J'étais fatigué, mais j'étais
encore content d'être une corneille:
aussitôt levé, je me suis envolé par-
dessus le magasin, j'ai traversé la rue
douze fois sans attendre le feu vert, je

suis allé me poser sur le toit de mon école, puis sur le clocher de l'église pour voir tout le quartier d'en haut, et je suis même allé me percher sur des fils électriques pour voir si ça me chatouillerait les pieds. Au bout d'une heure, j'avais vu tout ce qu'il y avait à voir de mon quartier vu d'en haut, et j'ai décidé d'aller plus loin: j'ai traversé le fleuve. Mon père, quand il traverse le fleuve avec son auto, ça lui prend toujours une heure parce que tout le monde veut traverser le fleuve en même temps et qu'il n'y a pas assez de ponts, mais moi je traversais le fleuve n'importe où et ça ne me prenait même pas cinq minutes, alors j'ai traversé le fleuve deux ou trois fois.

Quand on nage dans un lac, l'eau est souvent très chaude près des rives, mais quand on s'éloigne, l'eau devient

plus froide, et même glacée quand on nage au-dessus d'une source. Quand on vole, c'est pareil: l'air est très chaud au-dessus des maisons et des rues, mais au-dessus du fleuve il est plus froid et plus on monte plus c'est froid. Ce qui est amusant aussi quand on est une corneille, c'est qu'on a les yeux de chaque côté de la tête et qu'on peut voir le pont plein de voitures d'un côté et les bateaux de l'autre côté, et ce qui se passe devant et ce qu'on laisse derrière, tout ça en même temps sans avoir à tourner la tête. Je connais des maîtresses d'école qui aimeraient bien avoir des yeux de corneilles pour voir ce qui se passe dans leur dos quand elles écrivent au tableau.

Au bout de quelques heures, j'étais un peu fatigué de voler et je commençais à avoir faim. Mais comment faire pour manger? Je n'avais pas du tout envie de chasser les vers de terre, et encore moins d'aller me battre avec les mouettes pour manger de vieilles frites dans les poubelles des restaurants.

J'avais beau voler, je ne trouvais rien, et plus je volais plus j'avais faim. Je suis allé me reposer sur une branche d'arbre, dans le parc, et j'ai aperçu une vieille dame qui donnait du pain aux moineaux. Quand je me suis posé au milieu des moineaux, ils se sont tous sauvés. C'était drôle, mais ce qui était moins drôle c'était que la vieille dame a essayé de me faire peur en me criant toutes sortes de bêtises: elle me disait que je n'étais qu'une vieille corneille sale, que je devrais avoir honte de faire peur aux moineaux et qu'elle ne me donnerait jamais de pain. Peut-être que les vraies corneilles aiment bien que les vieilles dames leur crient des bêtises, mais moi je n'aimais pas tellement ça, alors j'ai pris un gros morceau de pain dans mon bec et je suis allé le manger sur ma branche.

Je ne sais pas si tu as déjà essayé de manger du pain sec sur une branche d'arbre avec les mains attachées dans le dos et en tenant un morceau de pain avec ton pied, mais je peux te dire que ce n'est pas facile. Ce n'est pas facile non plus de prendre de bonnes bouchées quand on a un bec dur comme de la roche et qu'on n'a même pas de dents pour mâcher. Il faut planter son bec dans le pain, arracher un morceau, et vite relever la tête pour l'avaler. C'est à peine si j'ai pu en manger deux bouchées. Ce n'était pas bien grave: le pain était sec et rassis. Lorsque j'ai terminé mon petit morceau, je ne savais pas si j'avais encore faim, mais je savais bien que je n'avais plus envie de manger.

Après mon repas, je me suis dit que c'était bien amusant de voler, mais que n'importe quel oiseau peut voler, et que tant qu'à faire j'aurais dû demander d'être transformé en mouette pour voler encore plus haut ou en hirondelle pour faire de beaux dessins dans le ciel. Si j'avais voulu être transformé en corneille, c'était pour faire des mauvais coups, alors j'ai commencé à faire des mauvais coups.

Je suis allé m'installer sur un fil électrique en face de la maison de Larry et, quand il est sorti, je me suis mis à lui crier des bêtises:

— Larry tête de pioche, Larry vieille carotte sale, Larry tu pues des pieds, Larry les grandes oreilles...

Larry ne s'est même pas retourné. C'est normal, il ne comprenait pas le langage des corneilles, alors lui tout ce qu'il entendait c'était «craille craille», et ça ne le dérangeait pas beaucoup. Je l'ai suivi pendant un bout de temps en lui criant toujours des bêtises, et il a fini par me remarquer. Alors il a ramassé une pierre et me l'a lancée de toutes ses forces. Heureusement que je me suis envolé à temps, sinon je la recevais directement sur la tête et je ne suis pas certain que Larry m'aurait soigné dans sa remise. Peut-être même qu'il m'aurait tué. Il est très méchant, Larry. J'ai continué à le suivre de loin en lui criant des bêtises, mais il ne s'occupait plus de moi. J'avais au moins réussi à le mettre de mauvaise humeur.

Ensuite, j'ai aperçu le gros Boisvert qui sortait de chez lui.

— Boisvert gros plein de soupe! Boisvert gros plein de soupe!

Mais tout ce que Boisvert entendait, c'était «craille craille», et même s'il m'avait compris je n'aurais pas été content de moi. J'avais peut-être le corps d'une corneille, mais j'avais encore mon cerveau d'enfant et je ne trouvais pas ça très gentil de me moquer de lui, même si lui n'était pas gentil avec moi.

Ensuite je suis allé chez la vieille femme, je me suis posé sur son pommier, et je me suis amusé à faire tomber des pommes sur la tête de son chien qui courait au pied de l'arbre en jappant tellement fort que la vieille femme est sortie avec son balai pour me faire peur mais moi je n'avais peur ni du chien ni du balai parce que ni l'un ni l'autre ne peuvent grimper aux arbres et ça c'était bien amusant.

J'ai fait tomber au moins deux douzaines de pommes sur la tête du chien et, ensuite, je suis allé voir les jumeaux. Par la fenêtre, j'ai vu qu'ils écoutaient un match de base-ball à la télévision, alors je suis allé me poser sur l'antenne et j'ai sauté dessus pour brouiller l'image, et ils sont sortis pour me crier des bêtises mais moi j'ai continué et ça aussi c'était bien amusant.

Ensuite, je suis allé voir ce que faisait Rachel. J'ai tourné autour de la maison, j'ai regardé par les fenêtres, mais elle n'y était pas. Je n'ai pas vu Rachel, mais j'ai aperçu mon lit et mes livres de dinosaures et mes jouets et le réfrigérateur rempli de jus d'orange et de crème glacée, j'ai imaginé les biscuits aux brisures de chocolat dans l'armoire, j'ai vu aussi ma bicyclette dans la cour, et tout à coup je me suis dit que ce n'était pas si drôle que ça d'être une corneille.

Qu'est-ce qu'elle pouvait bien faire, Rachel? J'ai décidé d'aller voir si elle ne serait pas retournée chez elle. Elle n'habitait pas tellement loin de chez moi, je pouvais y aller en cinq minutes à pied et en même pas une minute en volant. Quand je suis arrivé au coin de la rue, je l'ai aperçue. Elle était avec sa mère et sa mère lui disait qu'elle n'était qu'une cervelle d'oiseau et qu'il faudrait appeler la police et Rachel pleurait. Je n'aimais pas beaucoup Rachel, c'est vrai, mais j'aimais encore moins la voir pleurer, ça m'a fait tout drôle dans mon cœur de corneille. Alors j'ai décidé pour de bon que je ne voulais plus être une corneille, et je suis retourné au cimetière en trois coups d'ailes, et je n'ai même pas trouvé ça drôle de traverser la rue sans attendre le feu vert.

Quand je suis arrivé au cimetière, les corneilles se baignaient dans la boue. Je suis allé me baigner dans la boue moi aussi pour faire comme les autres mais surtout pour demander à mon amie corneille ce que je devais faire pour redevenir un petit garçon.

— Je ne sais pas. Il faudrait demander à une sorcière.

— Et où sont-elles, les sorcières?

— Je ne sais pas.

— Comment ça tu ne sais pas?

— Comment veux-tu que je le sache? Mais attends un peu, il me semble que je les ai entendues parler d'un colloque de sorcières, à New York... Oui, c'est ça, elles sont parties à New York.

— Qu'est-ce que c'est, un colloque?

— C'est une espèce de réunion que les sorcières s'inventent quand elles s'ennuient et qu'elles ont envie de visiter une autre ville.

— Bon. Et c'est où, New York?

— C'est bien loin vers le sud. J'y suis allé une fois avec mon père, nous avons volé pendant au moins une semaine. Mais ça valait la peine, c'est une très belle ville, New York, pour les corneilles. Pour les humains je ne sais pas, mais pour les corneilles c'est parfait.

— Une semaine! Il va falloir que je vole pendant une semaine pour les retrouver! Mais c'est impossible: mes parents reviennent dans deux jours, et Rachel qui va appeler la police...

— Si tu préfères rester ici, elles reviendront peut-être à la prochaine pleine lune, dans un mois.

— Non! J'irai à New York! Tu veux venir avec moi?

— Je voudrais bien, mais je ne connais pas le chemin. Il faudrait que je demande à mon père, mais ça me surprendrait beaucoup qu'il veuille nous accompagner.

Son père n'a pas voulu, mon amie la corneille ne pouvait pas venir avec moi, alors je suis resté tout seul sur une branche de peuplier, et j'ai essayé de réfléchir. Comment est-ce que je pourrais me rendre tout seul à New York si je ne savais même pas où c'était? Et même si j'avais su, il aurait fallu que je vole pendant toute une semaine, et que je cherche les sorcières, et que je les convainque de me retransformer en petit garçon, et ensuite je me serais retrouvé tout seul, sans argent pour prendre l'autobus ou le train, tout seul à New York... Je n'y arriverais jamais. Toute ma vie, je resterais une corneille, une sale corneille noire, je mangerais des vers de terre et du vieux pain sec, je dormirais dans une enseigne lumineuse, j'aurais froid l'hiver, je ne reverrais plus jamais mes parents et mes amis de l'école, je ne pourrais plus jamais faire de bicyclette...

À moins que... Oui, j'avais une bonne idée: j'avais un corps de corneille, mais j'avais encore mon cerveau de petit garçon, il était miniature dans ma petite tête de corneille mais il fonctionnait aussi bien qu'avant. Si les corneilles sont capables de traverser le fleuve plus vite que les autos, les cerveaux de petits garçons sont capables de penser bien plus vite que ceux des corneilles. Je savais qu'il y avait un aéroport dans ma ville, et je savais aussi que des avions ça vole beaucoup plus vite que des corneilles.

En levant les yeux, j'ai justement aperçu un avion. Je me suis envolé aussitôt, je l'ai suivi de loin et vingt minutes plus tard j'étais arrivé à l'aéroport. Je me suis posé sur le toit et j'ai attendu. Un peu plus tard, j'ai entendu une voix annoncer dans un haut-parleur que les passagers pour New York étaient priés de se présenter à la porte numéro quarante. Je suis allé voir où était la porte numéro quarante, et j'ai vu un super gros avion, avec les portes ouvertes. Mais comment faire pour y entrer?

J'ai volé jusqu'à l'avion, je me suis posé sur la porte, et j'ai vu deux hôtesses qui parlaient avec le pilote et le copilote. Le pilote disait aux hôtesses qu'il connaissait un bon restaurant à New York et des choses comme ça, et ils sont entrés tous les quatre dans la cabine de pilotage. J'en ai profité pour entrer dans l'avion et je suis vite allé me cacher sous un fauteuil. Ils ne m'ont pas vu.

Ensuite, les passagers sont entrés et j'ai été chanceux: celui qui était assis sur mon banc a laissé tomber un gros morceau de croissant encore chaud alors je l'ai mangé.

Quand nous sommes arrivés à New York, j'ai laissé les passagers descendre, et quand je n'ai plus rien entendu, je suis sorti de ma cachette.

— Une corneille! Commandant! Il y a une corneille dans l'avion!

C'était une hôtesse, je ne savais pas qu'elle était encore là. L'autre hôtesse est arrivée, et le pilote, et un copilote. Ils étaient tous autour de moi et m'empêchaient de sortir. Ils voulaient me tuer, c'est sûr.

— Qu'est-ce qu'on fait? demanda
une hôtesse.

— On pourrait la chasser avec une
vadrouille, dit l'autre hôtesse.

— Il n'y a pas de vadrouille dans
l'avion, idiote, répondit le pilote.

— Il n'y a peut-être pas de vadrouille dans l'avion, mais il n'y aura pas non plus d'hôtesse au restaurant, répondit l'hôtesse.

— Cessez de vous disputer, dit l'autre hôtesse, qu'est-ce qu'on fait de la corneille?

— On n'a qu'à la laisser sortir, dit le copilote. Si nous nous éloignons, elle finira bien par s'envoler.

C'est ce qu'ils ont fait, et je me suis envolé bien vite.

Quand je suis arrivé à l'extérieur, c'était la nuit. Je suis monté un peu dans le ciel, et j'ai vu d'immenses édifices illuminés au loin. Sans perdre un instant, je me suis dirigé vers le centre de la ville.

Un peu plus tard, je me suis retrouvé sur le toit d'un édifice sur lequel il y avait plein de néons, et j'ai

regardé les gens qui se promenaient dans la rue. Il y en avait des milliers, certains étaient très laids, mais personne ne portait de chapeau pointu. Comment est-ce que j'allais faire pour trouver des sorcières dans cette ville immense? J'ai quitté le toit de l'édifice, et j'ai cherché un cimetière. C'est facile de trouver un cimetière dans une ville illuminée, parce qu'il n'y a jamais de néon dans un cimetière. Aussitôt arrivé, je suis allé réveiller des corneilles.

— Qu'est-ce que tu veux, toi?

— Excusez-moi de vous déranger, monsieur corneille, mais je cherche des sorcières, c'est très important.

— Et c'est pour ça que tu me réveilles, espèce de vieille citrouille?

— Mais c'est très important, monsieur.

— Il n'y a pas de sorcières ici. Elles

sont venues ce matin, mais elles sont parties en Angleterre.

— En Angleterre?

— En Angleterre, oui, ou peut-être en Espagne. Bon ça suffit, maintenant laisse-moi faire des cauchemars.

J'ai réveillé une autre corneille, et elle m'a dit qu'elles étaient plutôt parties pour l'Afrique, mais elle n'en était pas certaine.

En Angleterre, en Espagne, en Afrique... Si j'avais réveillé d'autres corneilles, elles m'auraient dit qu'elles étaient en Chine, ou au pôle Nord... Je suis retourné à l'aéroport, et j'ai pris le premier avion pour revenir chez moi: je serais peut-être toujours une corneille, mais au moins je serais dans mon quartier.

Dans l'avion qui me ramenait dans ma ville, le passager qui était assis au-dessus de moi a laissé tomber un gros morceau de sandwich au jambon, et je ne l'ai même pas mangé tellement j'étais malheureux.

Quand je suis arrivé au cimetière, c'était le matin. Les corneilles étaient réveillées et se racontaient leurs cauchemars de la nuit. J'ai fait comme si j'étais une vraie corneille, et je les ai écoutées. Il fallait que je m'habitue, après tout je resterais une corneille pour toute la vie.

Ensuite, elles ont mangé des souris mortes. Je me suis approché, mais je n'ai pas été capable de faire comme elles.

Je suis allé voir mon amie corneille, et quand je lui ai dit que j'étais bien malheureux, elle a répondu que j'étais chanceux.

— Comment ça?

— Mais oui tu es chanceux: être malheureux, c'est parfait pour inventer des insultes.

— Oui mais moi je ne suis pas une

vraie corneille, je suis un petit garçon transformé en corneille, et je n'aime pas être malheureux.

— Tu t'habitueras. Bon, viens avec moi, on va aller s'amuser au dépotoir.

Le dépotoir était de l'autre côté du fleuve. Quand nous sommes arrivés, j'ai regardé mon amie jouer avec de vieux sacs de papier, des cœurs de pomme et des boîtes de conserve rouillées. Ça ne sentait pas bon, et je n'avais pas envie de jouer. Pour me désennuyer, j'ai eu l'idée de lire ce qui était écrit sur les papiers d'emballage et les vieilles boîtes: monoglutamate de sodium… La formule magique! La formule magique de la sorcière, c'était une liste d'ingrédients, comme on en voit quand on lit tout ce qui est écrit sur les boîtes de céréales ou de biscuits. Si j'arrivais à retrouver la formule magique, peut-être que je redeviendrais un petit garçon!

J'ai trouvé un emballage de biscuits aux brisures de chocolat et j'ai lu la liste des ingrédients: «liqueur de chocolat, lécithine, bicarbonate d'ammonium, bicarbonate de sodium, essences artificielles!» J'ai attendu quelques instants, mais j'étais encore une corneille. Peut-être que je trouverais la formule sur un autre emballage?

Sur un couvercle de bocal de fromage fondu, j'ai lu: «Culture bactérienne, enzyme microbienne, chlorure de calcium, lipase, phosphate de sodium, colorant, acide sorbique!» J'ai attendu encore quelques instants, et je me suis senti rapetisser: des pattes poilues me poussaient avec des griffes au bout, et ma queue de plumes noires s'est transformée en longue queue rose. J'étais devenu un rat!

J'ai vite relu la formule à l'envers, et je me suis retransformé en corneille. Ouf.

Ensuite, j'ai trouvé un emballage de gâteaux au caramel. «Huile de coco hydrogénée, lécithine, sorbate de potassium, monostéarate de sorbitan, alginate de sodium, caséinate de sodium, amidon, carraghénine, arôme artificiel!» Avec une liste comme celle-là, je me demandais bien en quoi j'allais être transformé, mais j'étais encore une corneille.

Toutes les listes ne sont pas magiques. Heureusement. J'ai essayé avec une boîte de céréales: «Chlorhydrate de thiamine, niacinamide, chlorhydrate de pyridoxine, acide folique, pantothénate de calcium, phosphate ferrique!» Rien à faire, j'étais encore une corneille.

Je commençais à désespérer, mais

je me suis entêté: huile de coton partiellement hydrogénée, protéines hydrolysées de soya, pyrophosphate de sodium, sulfate de calcium, phosphate monocalcique, métabisulfite de sodium, protéase, poids net cinq cents grammes, essences naturelles et artificielles...

J'ai passé tout l'après-midi à lire des emballages, et j'ai été transformé en souris, en araignée, en mille-pattes, en crapaud, en couleuvre, en escargot, en ver de terre, en maringouin, en serpent à sonnettes, en mouffette, mais jamais en petit garçon.

La nuit commençait à tomber, mon amie la corneille était rentrée au cimetière, mais j'ai continué à lire des emballages. Avec un peu de chance, j'allais bien finir par trouver la formule magique.

15

«Bicarbonate d'ammonium, phosphate monocalcique, éthyle maltol, glutamate monosodique, inosinate disodique, guanylate, hydrate de sodique, suif de bœuf, essence de caramel et colorant!» Oui! J'avais réussi, j'étais redevenu un petit garçon, le même petit garçon que j'étais avant. Ah! que j'étais content!

Mais il y avait un problème: quand j'étais venu au dépotoir, j'étais une corneille et j'avais suivi mon amie. Maintenant que j'étais redevenu un petit garçon, comment faire pour retrouver mon chemin? Je savais nager, mais pas assez pour traverser le fleuve. Alors j'ai eu une bonne idée: j'ai arraché la liste des ingrédients de la boîte, je l'ai posée par terre, je l'ai relue à l'envers pour me retransformer en corneille, j'ai pris le petit morceau de carton dans mon bec, et je me suis envolé vers la maison.

Tout le long du chemin, je tenais tellement fort le carton dans mon bec que j'en avais mal aux mâchoires: s'il avait fallu que le carton tombe dans un feu ou dans le fleuve, ou qu'il s'envole très loin et que je ne le retrouve plus, j'aurais eu bien du mal à retrouver la bonne formule.

Dix minutes plus tard je suis arrivé dans ma cour. Je me suis posé sur le gazon et j'ai aperçu, sous les feuilles d'un arbuste, deux yeux brillants qui me regardaient. Avant que jaie eu le temps de réagir, le gros chat du voisin me sautait dessus. J'ai réussi à m'envoler juste à temps, et je me suis posé sur le toit de la remise, mais j'avais été obligé de laisser mon bout de carton sur le gazon... Le chat s'est approché pour sentir le carton, puis il est retourné se cacher sous son arbuste. Je savais bien qu'il m'attendait. Un chat, c'est patient, et il pouvait m'attendre toute la nuit.

Une heure plus tard, nous n'avions toujours pas bougé. Le chat me surveillait, et moi je surveillais mon petit bout de carton. Mes parents rentreraient bientôt, et il fallait absolument que je sois à la maison avant leur arrivée. Comment faire pour le déjouer?

De temps à autre, le chat fermait les yeux, mais je ne savais pas s'il dormait ou bien s'il faisait semblant. Au bout d'un moment, il me semblait dormir pour de bon. J'ai sauté tout doucement sur le sol, sans faire de bruit, et je me suis approché du morceau de carton, toujours prêt à m'envoler.

Le chat ne bougeait pas. Mais quand j'ai commencé à lire, il s'est réveillé alors j'ai lu le plus vite possible la formule magique. Quand j'ai prononcé «essence de caramel et colorant», il bondissait sur moi, mais je me suis transformé aussitôt en petit garçon et il s'est cogné contre mon genou. Ensuite, il s'est sauvé à toute vitesse. Je pense qu'il va y repenser avant d'attraper des oiseaux.

16

Quand je suis rentré chez moi, Rachel
était assise dans le salon. Elle ne buvait
pas de Pepsi, elle n'écoutait pas la
télévision, elle ne se peinturait pas les
ongles, elle était seulement là à ne rien
faire, et elle avait les yeux rouges.

Quand elle m'a vu entrer, elle a bondi sur moi plus vite encore que le chat:

— Où est-ce que tu étais? Qu'est-ce qui t'est arrivé?

Si je lui avais raconté mes aventures, je suis certain qu'elle ne m'aurait pas cru. Alors je lui ai simplement dit que mes parents allaient bientôt rentrer et que, s'ils apprenaient que j'étais disparu pendant deux jours, j'aurais peut-être des problèmes, mais qu'elle en aurait encore de bien pires, et que ce n'était pas le temps de discuter. Elle m'a dit que j'avais raison. Je suis allé prendre mon bain pendant qu'elle faisait un peu de ménage dans la maison.

Quand mes parents sont rentrés, nous étions tous les deux en train de lire mes livres de dinosaures, comme si rien n'était arrivé.

— Quoi de neuf? m'a demandé ma mère.

— Rien. Et toi?

Pendant que mon père donnait des dollars à Rachel, ma mère m'a raconté que l'eau était froide et la planche à voile pas tellement bonne et que j'avais bien fait de ne pas venir avec eux, mais moi je ne l'écoutais pas tellement.

Ensuite j'ai pris une collation géante, je suis allé me coucher dans mon lit, et j'ai très bien dormi.

17

Quelques mois plus tard, mes parents sont allés faire du ski, et ils ne m'ont pas amené avec eux parce qu'il n'y avait pas d'amis de mon âge et je me serais ennuyé et je serais mieux avec Rachel. Moi, j'étais bien content parce que, depuis mon aventure, Rachel avait tellement peur que je recommence qu'elle était très gentille avec moi: elle me laissait regarder les émissions que je voulais, elle me préparait de bonnes collations, elle me lisait des histoires, elle était vraiment très gentille.

J'ai conservé longtemps le petit morceau de carton dans un tiroir de mon bureau, et puis, quand j'ai eu douze ans, je l'ai jeté. Je ne regrettais pas d'avoir été une corneille, même que je trouvais que j'avais été chanceux parce que je savais sur les corneilles des choses que les autres ne savaient pas, mais je n'avais plus envie de recommencer. C'est trop dangereux.

Aujourd'hui, quand j'entends une corneille me crier des bêtises, je lui parle dans son langage de corneille et je lui dis des bêtises bien pires encore.

Les corneilles aiment bien mes insultes
alors elles me répondent toujours. Mais
quand elles m'invitent au cimetière, je
refuse. Je préfère rentrer chez moi. Je
me sers un grand verre de lait, et je
mange des biscuits aux brisures de
chocolat. J'aime encore beaucoup les
biscuits aux brisures de chocolat, mais
je ne lis jamais la liste des ingrédients.

Dans la collection Boréal Junior

1. *Corneilles* de François Gravel
2. *Robots et Robots inc.* de Philippe Chauveau

Dans la collection Boréal Inter

1. *Le raisin devient banane* de Raymond Plante
2. *La chimie entre nous* de Roger Poupart

Maquette intérieure, typographie et mise en pages sur
micro-ordinateur: MacGRAPH, Montréal

Achevé d'imprimer en septembre 1989 sur les presses de
l'Imprimerie Tri-graphic Limitée.